Y TRI MOCHYN BACH

THREE LITTLE PIGS

Addasiad Heather Amery
Lluniau gan Stephen Cartwright

Golygwyd gan: Jenny Tyler
Trosiad gan Elin Meek

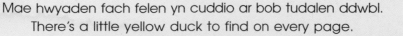
Mae hwyaden fach felen yn cuddio ar bob tudalen ddwbl.
There's a little yellow duck to find on every page.

Unwaith roedd 'na Mami Mochyn a thri babi Mochyn. "Does dim lle yn fy nhŷ i dri mochyn bach," meddai Mami Mochyn. "Rhaid i chi fynd allan i'r byd mawr."

Once upon a time there was a Mother Pig and three baby pigs. One day she says, "You've grown too big for my little house. It's time you had houses of your own."

"Ewch i godi tŷ," meddai Mami Mochyn. "Ond peidiwch agor y drws i'r Blaidd Mawr Cas. Mae e'n hoffi bwyta moch bach."

"Build your houses and never open the door to the Big Bad Wolf. He'll eat you." said Mother Pig

Dyma'r Mochyn bach cyntaf yn gweld dyn yn cario llwyth o wellt.
"Gaf i wellt?" gofynnodd y Mochyn. "Wrth gwrs," meddai'r dyn.

The first little Pig meets a man carrying a big bundle of straw.
"Can I have some straw," says the little Pig. "Of course," says the
man.

Mae'r Mochyn bach yn codi tŷ gwellt gyda dau ddrws, dwy ffenest a tho. "Fe fydda i'n ddiogel fan hyn," meddai'r Mochyn, wrth ei fodd.

The little Pig builds his house. He is very proud of it. It has two doors, two windows and a fine roof. "I'll be safe and snug inside," he says.

Dyma'r ail Fochyn bach yn gweld dyn yn cario llwyth o goed.
"Gaf i goed?" gofynnodd y Mochyn. "Wrth gwrs," meddai'r dyn.

The second little Pig meets a man carrying a big load of sticks.
"Can I have some sticks," says the little Pig. "Of course," says the
man.

Mae'r Mochyn bach yn codi tŷ coed gyda waliau cryf, dau ddrws, dwy ffenest a simdde. "Fe fydda i'n ddiogel fan hyn," meddai'r Mochyn, wrth ei fodd.

The little Pig builds his house. It has strong walls, two doors, two windows and a chimney. "I'll be safe and snug inside," he says.

Dyma'r trydydd Mochyn bach yn gweld dyn yn symud llwyth o frics. "Gaf i rai o'r brics?" gofynnodd y Mochyn. "Wrth gwrs," meddai'r dyn.

The third little Pig meets a man. He has a load of bricks. "Can I have some bricks," says the little Pig. "Of course," says the man.

Mae'r Mochyn bach yn codi tŷ brics gyda waliau trwchus, dau ddrws, dwy ffenest a simdde. "Does dim ofn y Blaidd Mawr Cas arna i," meddai'r Mochyn.

The little Pig builds his house. It has thick walls, two doors, two windows and a chimney. "I'm not afraid of the Big Bad Wolf," he says.

Dyma'r Blaidd yn dod at y tŷ gwellt. "Gad fi mewn," meddai. "Na wnaf wir!" meddai'r Mochyn. Ond mae'r Blaidd yn chwythu a chwythu nes dymchwel y tŷ.

The Wolf comes to the straw house. "Let me in," he says. "No, Mr. Wolf," says the Pig. The Wolf huffs and puffs, and blows the house down.

Mae'r Mochyn Bach yn rhedeg i'r tŷ coed. Ond dyma'r Blaidd yn dod. "Gad fi mewn," meddai'r Blaidd. "Na wnawn wir!" meddai'r moch.

The little Pig runs to the stick house. Soon the Wolf comes to the door. "Let me in," he says. "No, no, we won't, Mr. Wolf," say the two little Pigs.

Mae'r Blaidd yn chwythu a chwythu nes dymchwel y tŷ. Mae'r ddau fochyn bach yn rhedeg i mewn i'r tŷ brics. Ond dyma'r Blaidd yn dod. "Gad fi mewn," meddai.

The Wolf huffs and puffs, and blows the house down. The two little Pigs run to the brick house. Soon the Wolf comes to the door. "Let me in," he says.

"Na wnawn wir!" meddai'r Moch. Dyma'r Blaidd yn chwythu a chwythu a chwythu. Ond dydy'r tŷ ddim yn dymchwel. Mae e'n chwilio am ffordd i mewn.

"No, no, no, we won't," say the Pigs. The Wolf huffs and puffs. He puffs and huffs but he can't blow the house down. He looks around for a way in.

Dyma'r Blaidd yn neidio ar y to ac edrych i lawr y simdde. Mae'r tri Mochyn bach yn rhoi crochan o ddŵr ar y tân. "Mae popeth yn barod," meddai un.

The Wolf jumps onto the roof. He looks down the chimney. The three little Pigs put a big pot of water on the stove. "We're ready now," says one.

Dyma'r Blaidd yn llithro i lawr y simdde. Mae'n cwympo i'r crochan, ac un mochyn bach yn rhoi'r clawr arno. "Dyna ddiwedd y Blaidd Mawr Cas," meddai.

The Wolf slides down the chimney. He falls into the big pot of water. One little Pig puts on the lid. "That's the end of the Big Bad Wolf," he says.

Dyma'r tri Mochyn bach yn cael swper. "Dewch i ni i gyd aros mewn un tŷ," medden nhw, "a fydd y Blaidd Mawr Cas byth yn codi ofn arnon ni eto."

The three little pigs have supper. "You can stay in my house," says one little Pig, "and the Big Bad Wolf can never, ever frighten us again."

© 2004 Usborne Publishing Ltd. © 2006 y fersiwn Gymraeg Dref Wen Cyf.
Cyhoeddwyd gyntaf yn Saesneg gan Usborne Publishing Ltd dan y teitl *Three Little Pigs*
Cyhoeddwyd gan Wasg y Dref Wen Cyf., 28 Ffordd yr Eglwys, Yr Eglwys Newydd, Caerdydd CF14 2EA Ffôn 029 20617860.
Cedwir pob hawlfraint. Ni chaiff unrhyw ran o'r llyfr hwn ei hatgynhyrchu na'i storio mewn system adferadwy na'i hanfon allan mewn unrhyw ffordd na thrwy unrhyw gyfrwng electronig, peirianyddol, llungopïo, recordio nac unrhyw ffordd arall heb ganiatâd ymlaen llaw gan y cyhoeddwyr. Adargraffwyd 2012. Mae'r cyhoeddwr yn cydnabod cefnogaeth ariannol Cyngor Llyfrau Cymru. Argraffwyd yn China.